AF404761

Ye

22.86

AUX ARMÉES ALLIÉES.

LA

RUSSIADE

POËME EN DEUX CHANTS

LE RÊVE ET LE RÉVEIL

PAR

Alexandre FOURGEAUD

> Le monde est toujours du parti des opprimés, et le monde a raison.
>
> ALI DE TÉBÉLEN, pacha de Janina.

Paris

LIBRAIRIE D'ARMANT, rue Bourbon-Villeneuve, 35.

—

50 centimes.

—

Imp. Carré et comp., impasse Grosse-Tête, 5. — Dubois et Vert, 77, passage du Caire.

LA RUSSIADE

CHANT PREMIER.

LE RÉVE.

Dans le riche palais qu'un grand homme éleva
Sur les bancs de granit qui bordent la Néwa,
L'autocrate du Nord, fatigué de revues,
De creusement de ports, d'alignements de rues,
Des houras des Moujigs hurlés sur son chemin,
De discours ennuyeux, de baisements de main,
Venait de reposer sa masse colossale
Sur un superbe lit de forme orientale;
Et son esprit lassé d'un travail incessant,
Pour de nouveaux travaux se sentait impuissant.

Le sommeil le gagnait; la brise boréale
Ainsi qu'un éventail caressait son front pâle.
Malgré tous ses efforts pour braver le sommeil,
Ses yeux ne voyaient plus le beau cordon vermeil
Que le soleil levant, de sa gerbe éclatante,
Traçait en scintillant sur l'onde transparente.

Il dormait, l'Empereur ! — Il devait être las ;
Car ce tyran heureux qu'on nomme Nicolas ;
Ce hardi possesseur de quarante royaumes,
Rougit de ressembler, parfois, aux autres hommes !
Si ce prince eût vécu dans les temps fabuleux
Où les pauvres mortels se façonnaient des Dieux,
On l'eût vu, profitant des antiques exemples,
Démolir ses palais pour se bâtir des Temples.

Paraissez, grands seigneurs ! le Czar est endormi !
Vous pouvez contempler ce farouche ennemi
Qui vous tient tous captifs dans ses mains formidables,
Celui dont le pouvoir vous rend plus misérables
Que ces malheureux serfs de l'Ukraine et du Don,
Qui vous servent, le soir, d'enjeu pour le boston !
Il dort !... mais quel sommeil !... sa poitrine oppressée
Etouffe sous le poids d'une horrible pensée ;
Il semble que les morts, contre lui révoltés,
Dans son palais, la nuit, entrent de tous côtés.

C'est d'abord une femme à la tunique blanche,
Qui marche lentement, et sur son lit se penche,
En lui montrant, au loin, de son doigt décharné,
Dans les champs polonais, un peuple assassiné :
« Regarde, ambitieux, le fruit de tes conquêtes,
Dit-elle, en découvrant des montagnes de têtes.
« Supporte, si tu peux, leurs farouches regards !
« Partout, regarde bien ! armés de leurs poignards,
« Des hordes d'assassins, selon tes lois infâmes,
« Frappent avec fureur !... En vain les jeunes femmes

« Serrent en gémissant leurs enfants sur leur sein ;

« Enfants, vieillards, tout meurt sous le fer assassin.

« Généraux et soldats, chacun avec envie

« Fait régner, sans pitié, l'*Ordre dans Varsovie !*

« Mais il sera vengé ce peuple de martyrs !

« Rien ne peut te sauver ; ni pleurs, ni repentirs

« Ne sauraient retarder l'heure de la vengeance ;

« Tremble, tremble, tyran, ton châtiment commence ! »

..... Et les flots de martyrs sans cesse grossissaient ;

Leurs têtes dans leurs mains les cadavres passaient.

Ces milliers d'enfants blonds ravis à leur patrie,

Dont les corps engraissaient la froide Sibérie,

Voltigeaient dans l'espace en simulant les bruits

Que fait, dans les caveaux, le sombre oiseau des nuits.

Le Czar voulait parler, des mains fermaient sa bouche ;

Les cadavres dansaient sur sa royale couche ;

L'air ne pénétrait plus dans ses larges poumons ;

Les ombres des martyrs se changeaient en démons.

Il allait succomber sous le poids de ce rêve,

Quand soudain apparut un homme armé d'un glaive,

Qui chassa devant lui tous ces groupes divers

En faisant tournoyer son glaive dans les airs.

Cet homme de la force était le vrai symbole,

Il portait sur son front une triple auréole,

Où l'on voyait briller le nom de constructeur,

Celui de conquérant et de législateur.

C'était Pierre-le-Grand ! son ombre colossale

D'un rayon lumineux remplit la vaste salle ;

Le reproche à la bouche et la colère au front,

Au Czar, pâle et tremblant, il jeta cet affront :

  « O fils de Romanoff, dit-il, d'une voix forte,

« Quel délire insensé te saisit, te transporte !

« Eh quoi ! faible empereur, tu connais les remords ?

« Tu te laisses braver par les ombres des morts ?

« Lorsque le ciel t'a fait le Czar de la Russie ;

« Quand tu peux commander à l'Europe, à l'Asie ;

« Lorsque tout doit fléchir sous ton bras triomphant,

« Te voilà terrassé par un rêve d'enfant !

« Mon fils aurait il donc chassé de sa mémoire

« Ces terribles combats gravés dans mon histoire ?

« Ne sait-il pas qu'un Czar pour sa gloire peut tout ;

« Que s'il verse du sang le sang versé l'absout ?

« Un Czar ne doit avoir qu'un but sur cette terre :

« Reculer, chaque jour, sa borne héréditaire.

« Sitôt qu'un beau pays enflamme son désir,

« Les armes à la main, vite il doit s'en saisir.

« Les vulgaires mortels nomment cela des crimes ;

« Ils comptent sur leurs doigts le nombre des victimes,

« Les pays embrasés, les peuples enchaînés,

« Et frappent de terreur les esprits étonnés...

« Il faut laisser pleurer ces âmes ordinaires

« Sur leurs champs dévastés, sur la mort de leurs frères ;

« Se faire un cœur d'airain, suivre d'un même élan

« Les chemins qu'autrefois a tracés Tamerlan !...

« Tu pâlis, Nicolas ! si tu sens dans ton âme

« Ce reste de pitié, partage de la femme,

« Qui fait verser des pleurs sur les peuples vaincus,

« Empereur aujourd'hui... demain tu ne l'es plus!

« Les temps sont arrivés, — nos valeureux ancêtres

« Nous ont ouvert la voie! Ils devinrent les maîtres

« Par la force du fer, de tout ce beau pays

« Qu'arrose dans son cours le large Tanaïs.

   « J'ai laissé de Moscou la coupole bénie

« Et suis venu m'asseoir sur la Scandinavie;

« Ton aïeule quittant l'aiguille et le fuseau,

« Autour de la Pologne étendit son réseau;

« Puis, se jouant des cours justement alarmées,

« Jusqu'à Sébastopol fit marcher ses armées.

« Ton frère profitant des orageux débats

« Que la France semait en courant aux combats,

« Sur mon riche tombeau vint déposer l'offrande

« De ton plus beau fleuron, de la vaste Finlande;

« Et pour me contenter, il fit peser ses lois

« Sur mes vieux ennemis, sur les braves Suédois.

« Mais toi, toi, qu'as-tu fait pour mériter le titre

« Parmi mes descendants, de souverain arbitre ?

« Rien!!! — Je vois dans tes mains l'Empire languissant

« Se distendre et tomber faute d'un peu de sang.

« Pourtant, tous les rubis qui parent ta couronne

« Ne sauraient garantir ta tête qui grisonne;

« Jamais autant que toi nul des miens n'a vécu,

« Et jamais aucun d'eux moins que toi n'a vaincu !

   « Quoi! tu peux disposer de plus d'un million d'hommes,

« Et tu n'as pas encore envahi ces royaumes

« Qui retardent le jour où l'arrêt du Destin

« Doit-le rendre héritier des murs de Constantin?

« Quoi! dans ses beaux remparts Sébastopol encadre

« Ce que je n'avais point : une superbe escadre,

« Et tu n'es pas le roi de tout le Pont-Euxin?...

« Tu n'as point de mon sang!... quel est donc ton dessein?

« A force de hanter les princes de l'Europe

« Aurais-tu déposé notre rude enveloppe?

« Le soleil du Midi, les fêtes de Windsor

« Auraient-elles, mon fils, arrêté ton essor?

« Et pareil à ces rois formés dans les écoles,

« Voudrais-tu t'amuser au jeu des protocoles?

« S'il en était ainsi, malheur, malheur à toi!

« Mon ombre saurait bien raviver notre foi.

« J'irais jusqu'à Moscou réveiller le colosse,

« Et mes mains, sous tes pas, viendraient creuser la fosse!...

« Mais déjà dans tes yeux je vois briller l'éclair;

« Tu n'étais qu'assoupi, viens, enfant qui m'es cher,

« Viens! la voix du Destin te parle par ma bouche;

« J'abaisse devant toi mon langage farouche.

« Je sens que mon amour ne peut se contenir,

« Mon fils, j'ouvre à tes yeux les flancs de l'avenir!

« L'Europe veut la paix; la fureur des conquêtes

« Depuis Napoléon ne git plus dans les têtes;

« La guerre! c'est un cri qui les glace d'effroi;

« Le commerce est leur Dieu, le commerce est leur foi.

« Au milieu de ce calme et de cette indolence,

« L'Orient à grands pas, marche à sa décadence;

« Depuis le grand Mahmoud l'Empire musulman

« N'est qu'un cercueil couvert par le manteau d'Otman ;

« C'est là qu'il faut frapper !. manques-tu de prétextes ?

« De nos antiques lois interroge les textes !

« Demande à protéger seul, et sans nul concours,

« Les lieux où l'homme Christ daigna passer ses jours :

« Bethléem, Nazareth, le mont de la prière ;

« Le tombeau vénéré, le jardin du Calvaire.

« On te refusera tous ces droits précieux :

« Alors, empare-toi de la cause des cieux !

« Fais courir tes chevaux dans les plaines moldaves ;

« Que ces peuples soumis deviennent tes esclaves !

« Tu trouveras là-bas les débris des chemins

« Que suivaient autrefois les Empereurs romains ;

« De là, marche en avant ! Traverse le grand fleuve ;

« Frappe, frappe toujours ; que partout le sang pleuve !

« Pour la seconde fois, cours établir tes camps

« Sur l'Egide des Turcs, sur les monts des Balkans.

« Après, tu planteras ton aigle que j'adore

« Sur les riches palais baignés par le Bosphore.

« Alors, tout est à toi ! tu peux sur l'Occident,

« Ainsi que le vautour, fixer ton œil ardent ;

« Tu n'as plus qu'à choisir ! Toutes les capitales

« Entendront résonner tes marches triomphales.

« Les sceptres sous tes pas seront humiliés ;

« Les peuples à genoux ramperont à tes pieds,

« Et tu verras encor les coursiers de l'Ukraine

« Laver leurs poils trainants dans les eaux de la Seine. »

LA RUSSIADE

⚬⚬

CHANT SECOND.

⚬⚬

LE RÉVEIL.

Pierre avait disparu..... Le Czar n'entendait plus,
Dans son cerveau troublé, qu'un murmure confus.
Mais toujours affaissé sous le poids de son rêve,
Il voyait constamment tourbillonner un glaive.
Puis, croyant embrasser l'ombre de son aïeul,
Il étendit les mains. — L'Empereur était seul !
Qu'il est doux de se voir, dans les vapeurs d'un songe,
Doucement caresser par d'aimables mensonges !
L'esprit, calme et dispos, errant en liberté,
Prend ses rêves brillants pour la réalité.
Ainsi, le malheureux qui ne vit que d'aumône
Peut, pendant une nuit, s'endormir sur un trône ;
Celui qu'un sort fatal condamne à la prison,
Court, au milieu des champs, contempler l'horizon.
Mais bientôt le réveil vient aggraver leurs peines :
L'un touche son grabat, l'autre touche ses chaines !

Le Czar, dans son sommeil, par un mouvement prompt,
Passa ses larges mains sur les plis de son front.
A chaque frottement, Paris, Londres, Byzance,
Ouvraient à ses soldats leurs portes en silence.
Puis, semblable au lion qui se lève en grondant,
Il murmura ces mots : Je te tiens, Occident !!
Triste réalité, déception profonde !
Un rêve te permet de gouverner le monde,
Et te voilà, grand roi, de par Charles Napier,
Enfermé, malgré toi, dans ton propre guêpier !
Quel changement, mon Dieu ! dans ta vaste carrière ;
Ton drapeau, déchiré, traine dans la poussière !
Despote ambitieux, ne te souvient-il pas
Que, récemment encore, au fort de nos débats,
Ainsi qu'à Louis neuf sous l'arbre de Vincennes,
L'Europe dans ton sein venait verser ses peines ?
Oui, de ce rôle-là tu devais être fier !
Souviens-toi bien, ô Czar, c'était encore hier
Qu'on réclamait partout ton appui tutélaire ;
Ton nom servait de digue au torrent populaire :
« Nicolas, disait-on, c'est un prince immortel !
« C'est le palladium du trône et de l'autel ! »
Les grands, à te louer épuisaient leur faconde ;
Toi seul pouvais, d'un mot, donner la paix au monde !
Comment en un plomb vil l'or pur s'est-il changé?
Quel démon inconnu dans ton cœur s'est logé,
Pour venir des Etats déranger l'équilibre ?
O Salomon du Nord, effroi d'un peuple libre ;

Potentat vénéré, prince autrefois béni,
Sais-tu bien que ton nom s'est promptement terni ?
Sais-tu bien qu'aujourd'hui la France et l'Angleterre
Te rivent par le pied avec Robert-Macaire ?
Que *Figaro*, le *Punch* et le *Charivari*
Te mettent tour-à-tour tous trois au pilori ?
John-Bull, ton vieil ami, maintenant te baffoue ;
Sur tes portraits en pied l'enfant jette la boue !
Quels méfaits t'ont valu ces outrages sans nom,
Qu'aujourd'hui tu te fais un si triste renom ?
C'est que, lorsque ton bras étouffait Varsovie,
Quand tes nombreux soldats décimaient la Hongrie,
Tu frappais au grand jour. Tu ne caressais pas
Celui que tu voulais étouffer dans tes bras ;
Tu n'avais pas encor fait surgir de ton âme
L'ignoble invention d'un guet-à-pens infâme ;
Tu n'avais pas encore, au nom de l'Eternel,
Fait marcher tes soldats dans le but criminel
D'envahir les Etats d'un peuple sans défense.
Tu croyais qu'on verrait avec indifférence,
Ainsi qu'un curieux voit du haut d'une tour
La colombe tomber sous le bec du vautour,
Les malheureux-débris des peuplades bulgares
Massacrés sans pitié par tes hordes barbares !
Tu croyais, pauvre Czar, comme au temps d'autrefois,
Contre les Musulmans faire arborer la croix,
Et rire dans ton cœur de la folle ignorance
Qui t'aurait préparé le chemin de Byzance !

Va! ces temps sont passés; les cœurs religieux
Hors des chemins sanglants veulent chercher les cieux.
Ces fièvres de Chrétiens, qui prenaient par saccades
Ces passe-temps guerriers, ces ligues, ces croisades,
Ont fini pour toujours. Ainsi ne parle plus
Des crimes des sultans, de tes hautes vertus,
On ne te croira point! seul, le vieux Moscovite
Que ta voix, chaque jour, sous ses frimats irrite,
Se laissera tromper par tes discours de miel;
Il peut croire mourir pour la cause du ciel!
Mais l'Europe en rira. La France catholique
Vient mêler ses drapeaux à Londres l'hérétique;
Bientôt tu vas les voir au sommet des Balkans
Marier leurs couleurs au signe du croissant.

Triste Pape d'hier, va! ton pouvoir décline,
Devant ton goupillon personne ne s'incline;
A ta bulle en latin on oppose du fer,
On rit de tes sermons, on rit de ton enfer;
Car, dans les larges plis de ta sainte bannière,
On lit facilement le testament de Pierre!

Oh! comme ton orgueil maintenant doit souffrir!
Te voir obligé, toi, toi le Czar! d'obéir
Aux ordres d'un congrès convoqué par les princes
Dont ton ambition convoitait les provinces!...
Cela ne peut tarder; nos robustes vaisseaux,
Au Nord comme au Midi, commandent dans tes eaux.
Le Gibraltar suédois volé par Alexandre
Disparaitra bientôt sous la flamme et la cendre;

Elsingfors et Cronstadt, Viborg et Pétersbourg
Vont entendre, sous peu, résonner le tambour
Au son duquel marchait cette superbe armée
Qui fut, par les frimats, à Moscou décimée.
Eh bien! ce sont les fils de ces illustres morts
Que tu vas recevoir aujourd'hui sur tes bords.
En voyant s'avancer cet imposant cortége,
Tu comptes de nouveau sur la glace et la neige;
Tes vœux sont superflus! tes meurtriers frimats,
Grâces à nos vaisseaux ne les atteindront pas!
Certe, ils ne croyaient pas, ces enfants d'un autre âge,
Aller à Pétersbourg éprouver leur courage!
Ils se souvenaient bien de tous ces beaux récits
De Zurich, de Friedland, de Lutzen, d'Austerlitz;
On leur avait bien dit que sous le grand Empire
La fureur des combats allait jusqu'au délire;
Mais ils ne pensaient pas, au bout de quarante ans,
Voir se renouveler les malheurs de ces temps.
Non, tu n'as pas la foi! non, la bonté divine
N'a pas touché ce cœur qui bat dans ta poitrine!
S'il en était ainsi, viendrais-tu par orgueil
Plonger le monde entier dans l'effroi, dans le deuil?
Ces cinq cent mille bras qui vont quitter la France,
Et dont tu vas sentir la force et la puissance,
Au lieu d'aller servir pour élever des camps,
Ne seraient-ils pas mieux à cultiver les champs?
Il faut que ta Russie, Empereur, soit bien riche;
Il faut qu'elle n'ait plus aucun terrain en friche;

Que la blonde Cérès l'accable de bienfaits,
Pour renverser ainsi les faisceaux de la Paix !
Autrement, ce serait une immense folie
Que de couvrir de deuil le sol de la patrie !
Quelques terrains de plus à tes vastes Etats
Peuvent-ils compenser les horreurs des combats ?...

Ecoute, Nicolas : Tu sais que les poètes
Remplacent de nos jours les antiques prophètes ;
Montés sur leur trépied, ils ont plus d'une fois
Eté les précurseurs de la chute des rois !
Sans prétendre viser au rôle d'Isaïe,
Nous t'annonçons, grand roi, que l'Europe, l'Asie,
Dont Pierre, ton aïeul, t'a montré les chemins,
Vont, dans moins de deux ans, s'échapper de tes mains.
Avant que les frimats, de leurs portes de glace
Envahissent Cronstadt et nous ferment sa passe,
Tes défenseurs verront Aigles et Léopards
Se croiser, s'embrasser sur tes fameux remparts !
Sous les murs de Trajan, sur les rives valaques,
La terre engloutira tes hulans, tes cosaques ;
L'orgueilleux Paskiewitch, qui rêve au Panthéon,
Subira dans les eaux le sort de Pharaon ;
Et tu retrouveras tes soldats intrépides
Etendus sur le sol des Palus-Méotides.
Le terrible Schamyl, prophète de héros,
Celui qui fatigua tes meilleurs généraux,
Va, chassant ton drapeau des sommets du Caucase,
Y planter le Croissant, y brûler tes Ukase ;

Puis, quand Sébastopol détruit par nos vaisseaux,
De ses débris fumants aura comblé les eaux,
On saura par Moscou, ta sainte métropole,
Envahir le chemin qui te fait roi du pôle.
Alors sera-t-il temps de demander merci?
..... Crois-tu que tes boyards, que tes peuples aussi
N'auront pas dans leur cœur ce levain de la haine
Qui teint souvent de sang la pourpre souveraine?
Peut-être il en est temps, renonce à tes projets;
Pense à l'Europe, ô Czar!... connais mieux tes sujets :
La glace, à Pétersbourg, cache plus d'un cratère!
Souviens-toi, Nicolas, de la mort de ton père!!

ALEXANDRE FOURGEAUD.

Paris, imp. Carré et c., impasse Grosse-Tête, 5. — Dubois et Vert, 77 passage du Caire.

9 782019 976774